Coordinador de la colección: Daniel Goldin
Diseño: Joaquín Sierra Escalante
Dirección artística: Mauricio Gómez Morin
Comentarios y sugerencias:
correo electrónico: alaorilla@fce.com.mx

A la orilla del viento…

Primera edición,   2002
    Segunda reimpresión, 2004

Para Juan, naturalmente

Comentarios y sugerencias: editor@fce.com.mx
www.fondodeculturaeconomica.com
Tel. (55)5227-4672 Fax (55)5227-4694

D. R. © 2002, Fondo de Cultura Económica
Carretera Picacho-Ajusco 227; 14200 México, D. F.

ISBN 968-16-6671-2

No me lo vas a creer

Alicia Molina

ilustraciones de José Luis Castillón

FONDO DE CULTURA ECONÓMICA

◆ TODO COMENZABA en las
tres cuadras, en los 420 pasos,
entre las 32 casas, los 9 postes, 46 árboles y cuatro
perros callejeros, que separan la casa de Juan
de su escuela.

Sucedía todas las mañanas. No es que él lo planeara,
no. Al despertar, Juan se hacía la firme promesa de que
ese día sería diferente, procuraba pensar en otra cosa,
se imaginaba diciendo la verdad enfrente del salón:
"llegué tarde porque me quedé dormido", pero, en algún
lugar, más o menos en la segunda cuadra,
aproximadamente a la altura de la última jacaranda,
empezaba a tramarlo. Cuando llegaba a la escuela le
salía de corridito. Así, de un tirón, empezaron sus
explicaciones las dos primeras semanas de octubre:

Lunes 2
—No me lo van a creer, pero hoy llegué tarde porque me
levanté tempranísimo. Resulta que a las cinco de la

mañana Shhh, el perro de mis vecinos, empezó a ladrar.
Cuando me di cuenta de que era él me asusté porque
es un perro al que nunca, jamás, nadie, oyó ladrar.

"Me levanté a toda prisa, me vestí sin hacer ruido para
no despertar al abuelo. A él no lo despierta ni el ruido
de una bomba, ni el paso de una locomotora, ni el
tocadiscos de mi papá a todo volumen, pero los moscos
y mis pasos sí.

"Cuando ya iba en la escalera el abuelo me alcanzó
y juntos fuimos a ver qué le pasaba a Shhh.

"Shhh vive en el departamento siete, justo debajo de
la Peor Señora del Mundo. Migue lo encontró en la calle
y lo trajo a vivir con él con la condición de que nunca
ladrara porque si la vecina se daba cuenta de que había
un perro viviendo justo debajo de su departamento se lo
comería vivo. Le decía ¡sshhh! a cada rato y un día nos
dimos cuenta de que por ese nombre entendía.

"Conforme nos íbamos acercando descubrimos que,
en efecto, era Shhh el que ladraba y que..."

En ese momento interrumpió, como siempre, el profesor
y en un tono muy exigente, que electrizó a todos,
preguntó:

—¿Vamos a perder más tiempo?

Todos sacaron sus cuadernos y pusieron esa expresión
mentirosa de "te estoy poniendo atención", cuando en

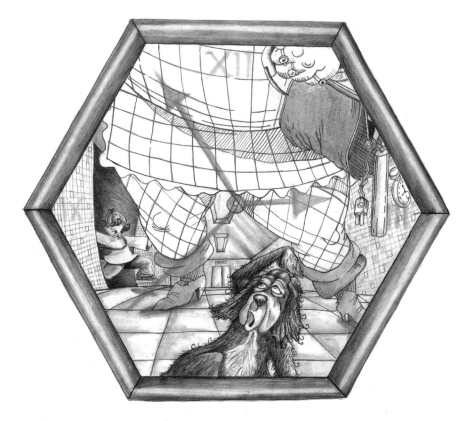

realidad estaban pensando: "¿por qué ladraba Shhh?"
Tendrían que esperar hasta la hora del recreo para
enterarse de la historia.

Martes 3
Juan llegó tarde. Todos voltearon a mirarlo cuando abrió
la puerta del salón y, entonces, comenzó:
    —¡No me lo van a creer!, estaba sólo a dos cuadras de

la escuela y faltaban todavía quince minutos para las ocho, así que decidí tomármelo con calma y observar lo que sucedía en la calle.

"A lo lejos vi a la señora Flora, ustedes ya la conocen, vive en el mismo edificio que yo, en el departamento tres, es la que vende colibríes y también, dicen, cucarachas amaestradas y lagartijas acróbatas. La que es bruja, según Armando. Ustedes van a pensar que es cuento pero hoy lo comprobé...

"La señora Flora se acercaba lentamente, con ese pasito bailador con el que balancea la maleta y la jaula del perico que lleva a todos lados porque, 'tenemos que estar listos siempre'.

"De repente pasó junto a ella, como un torbellino, El Grandotote, ese flaquito que vive en el piso nueve. El mismo que le robó la patineta a Luis, que apachurró la muñeca de Ximena y que gana con trampas todas las apuestas. Él hace todo esto como sin darse cuenta, a la pasadita, como un huracán.

"Estábamos en que allí venía doña Flora cuando pasó El Grandotote y de un empujón la hizo dar cuatro vueltas de carreta y caer directamente en el carro de verduras que don Quintín acababa de dejar perfectamente instalado.

"Lo que quedó de doña Flora era más o menos una ensalada de lechuga con jitomates, perico, berros, colibríes, aguacate, cebollas, cucarachas, ajonjolí y tres lagartijas. Yo me acerqué a ayudar pero, la verdad, me ganó la risa.

"Doña Flora no se reía, más bien se enojó. Primero se puso roja, después morada y luego, lentamente, empezó a ennegrecer. Le salía humo por las orejas y chispas por los ojos. Doña Flora gritó un conjuro y toda la calle donde estaba El Grandotote se comenzó a derretir.

"El Grandotote, se estaba carcajeando, y de pronto...."

En ese preciso instante, interrumpió el profesor.

Miércoles 4
Juan comenzó así:

–Esto sí que no me lo van a creer. Ustedes saben que nunca uso el elevador, pero hoy en la mañana me quedé atrapado dentro. No es nada raro que el elevador se quede parado entre el piso once y el diez, es más, sucede casi a diario y sólo hay que gritar y esperar que don Herlindo venga y le dé un jalón fuerte a la cadena para que se desatore. Sólo que esta vez don Herlindo se fue muy temprano al doctor y no hay nadie más en el edificio que sepa cuál de todas es la cadena a la que hay que darle un jalón fuerte.

"Me quedé atrapado con un señor muy serio que vive, exactamente, en el segundo piso y no sé qué cosa andaba haciendo entre el piso diez y el once.

11

"El señor tiene cara de cajero de banco, se viste como cajero de banco y sonríe como cajero de banco pero es encantador de serpientes. De eso me di cuenta cuando abrió su portafolios negro, como de cajero de banco, y todas empezaron a salir, entonces..."

El maestro interrumpió, con la puntualidad de todos los días.

Jueves 5

Juan llegó jadeando, entró derrapando al salón:

—¡No me lo van a creer!, pero si no fuera por Ximena, mi hermanita, nunca más me hubieran vuelto a ver.

"Ya saben que en la Navidad del año pasado le regalaron a la vecina del diez una de esas tontas mascotas electrónicas que se llaman Tamagochi, esas que te avisan con un bip bip cuando quieren comer, pasear o dormir. La niña del diez se llama Andrea y es muy latosa y no sé por qué a mi hermana le parece tan simpática.

"Cuando ya casi terminábamos de desayunar oímos que Andrea chillaba como loca. Ximena se asustó pero yo no, porque todas las mañanas, a esta misma hora, esa niña chilla como loca mientras su mamá le hace una trenza restirada y le pone limón para que no se le mueva ni un pelo.

"Ximena diagnosticó que ese no era un chillido de tirón de pelo, sonaba más bien como los que da Andrea cuando pierde su Tamagochi.

"Subimos corriendo y, efectivamente, Andrea había dejado caer a su mascota, exactamente cuando le tocaba salir a pasear, en la rendija de su cuarto que da al tubo que baja por detrás del edificio hasta la coladera del patio.

"Bajamos corriendo y, efectivamente, el Tamagochi estaba en el fondo de la coladera. Es muy difícil

concentrarse con una niña de siete años chillando junto
a uno, así que sin pensar decidí que la mejor forma de
rescatar el dichoso Tamagochi era ponernos, los tres,
a masticar chicle.

"Cuando tuvimos una enorme bola de chicle masticado
hicimos con él una cuerda larga, larga, larga. Ustedes
van a decir que qué cochinada, pero sirvió. Quitamos

entre los tres la pesada tapa de la coladera del patio. Después nos echamos un volado para ver quién bajaría a rescatar al Tamagochi.

"Como me había levantado con el pie izquierdo, a mí me tocó y, con tal de no seguir oyendo chillar a Andrea agarré la cuerda de chicle toda pegosteosa y empecé a bajar. Ximena me alcanzó un palo y apenas tuvo tiempo de gritarme: '¡Te presto mi paralizador de cocodrilos!'"

Parecía que esta vez el maestro no interrumpiría, pero sí. Iban a tener que esperar hasta la hora del recreo para conocer el final de la historia.

Viernes 6

Juan tenía algo que platicar cuando llegó a la escuela:

—¡No me lo van a creer!, pero mi hermano Beto se quedó mudo del susto. Ya ven cómo es Beto, ya lo conocen. Él sabe todo y si no tiene una respuesta, la inventa mientras sigue hablando.

"Armando, el vecino del 6, tiene una computadora nueva. Como no le entendía, le preguntó a Beto cómo usarla. Aunque nunca había manejado una, mi hermano en seguida se puso la cachucha de experto y empezó a jugar hasta que le fue encontrando el modo. Se clavó en la máquina y se quedó como atrapado.

"Los primeros síntomas los disfruté mucho: ya no

usaba su patineta ni su guante de beis; no venía a la recámara más que para dormir, así que la tele, el Nintendo y el tiradero, eran míos, míos nomás.

"Luego empezó a hablar de otra manera. En lugar de 'vete de aquí', me decía 'bórrate'; en vez de 'perdón' decía, 'deshacer'; cuando algo le gustaba decía guardar; cuando quería que lo esperaran gritaba pausa, si quería platicar me invitaba a chatear y cuando algo le parecía muy importante decía imprimir.

"Como se cree mucho, ahora se firma **Beto Italic Bold**, porque escribe su nombre con cursivas y en negro.

"Pero lo verdaderamente grave empezó ayer, cuando cansada de recibir órdenes, la computadora de Armando, que se llama Berenice, le empezó a dar órdenes a Beto."

Todos querían saber cómo había pasado eso y si Beto de veras se había quedado mudo pero tendrían que esperar hasta la hora del recreo.

Algo, que nunca averiguarían, le sucedió al profesor ese viernes 6. Lo único claro es que sucedió a la hora del recreo, entre las 11:00 y las 11:30

El maestro tenía la misma cara de siempre, las cejas y la corbata en su lugar, pero hablaba diferente. No gritaba, ni siquiera se paseaba por el salón con el borrador en la mano, pero cuando dijo:

19

—A partir de hoy no se admiten retardos. —Todos, incluido Juan, supieron que esta vez iba en serio.

Juan sintió la mirada del maestro sobre su frente, justo ahí, en el centro, donde el cerebro archiva los pensamientos húmedos de miedo hasta que se secan y pueden guardarse con los recuerdos o pasar al área de emergencia para empezar a actuar.

Sin quitarle la vista de encima, continuó:

—Tienen toda la semana para intentarlo seriamente. Quien no lo haya logrado antes del viernes, dejará de formar parte de este grupo. El nuestro será un equipo puntual.

Ahora no era sólo el maestro quien lo miraba, sino todo el grupo.

Cuando Juan caminó los 420 pasos que separan la escuela de su casa le pareció un poco extraño caminarlos solo, pero no tuvo tiempo para pensar dónde estaban sus amigos.

Tenía la cabeza tan llena de ruido que no podía oír sus propios pensamientos, pero una pregunta aparecía cada seis pasos: "¿cómo le voy a hacer?, ¿cómo le voy a hacer?"

Cuando abrió la puerta de su departamento sabía que tenía que consultar a alguien. En su familia el conocimiento estaba claramente definido en territorios.

Qué hacer es el territorio de su mamá y *cómo hacerlo* el de su papá.

Su mamá no sólo sabe qué hacer sino también lo que deben hacer los demás, con una claridad que a Juan, unas veces le enoja y, otras, nada más lo sorprende.

Su respuesta fue clara y concreta:

—Tú lo sabes, tienes que llegar temprano a la escuela.

Esto lo dijo sencillamente, mientras hacía cuatro cosas

a la vez: esperaba que su amiga Tere le contestara el teléfono, picaba un apio para la sopa, escuchaba un concierto y empujaba suavemente al gato que se había echado a dormir sobre la jerga de la cocina.

"Sí, pero ¿cómo?", se dijo Juan, a sabiendas de que ésa era una pregunta para su papá.

Él se dedica a componer máquinas descompuestas. Todo tipo de artefactos. Desde un tostador hasta un satélite. Le da igual, sólo que gana mucho más cuando compone un satélite que cuando arregla un tostador. Lo primero que hace es estudiar cómo funciona la maquinaria, así que la primera pregunta que le hizo a Juan fue:

—¿Cómo le haces para llegar tarde?

Como nunca lo había pensado, tuvo que dedicarle toda la tarde y cuando su papá regresó a cenar le explicó:

—Pongo el despertador a las 6:30 para quedarme en la cama media hora más y levantarme a las siete. Cuando ya estoy dormido Beto cambia la alarma a las siete para levantarse a las siete. Esto lo recuerdo ahorita, pero en la mañana nunca me acuerdo, así que pienso que son las seis y media, me doy vuelta en la cama y me sigo de largo hasta las 7:30.

"Me despierto cuando tú gritas '¡Ya está el desayuno!' Entonces tengo que esperar a que Ximena termine de decidir si se pone una diadema o un listón en la cabeza y, finalmente, salga del baño para poder bañarme y buscar mi uniforme entre la ropa sucia, porque se me olvidó echarlo a lavar, vestirme rapidísimo, ir a buscar los zapatos al cuarto de mi abuelo, pero no están ahí sino en la cocina porque... ¡no sé por qué!, encontrar mi tarea y meterla en la mochila, oír todas las noticias de los vecinos que mi mamá platica mientras desayunamos, bajar por el periódico del abuelo e irme.

"De aquí a la escuela hay 420 pasos que puedo hacer en 7 minutos. Si voy corriendo los hago en tres, pero si me distraigo un poco llego a las 8:25 en punto."

Mientras Juan hablaba, su papá había hecho un esquema complicadísimo que se resumía de una manera muy sencilla.

–El paso uno es el despertador. Eso se resuelve comprando uno nuevo y así cada quien lo pone a su hora. La tuya será a las 6, para levantarte a las 6:30. Lo de la ropa, los zapatos y la tarea se resuelve desde la noche anterior. Si vienes a desayunar más temprano puedes oír la síntesis del noticiero de tu mamá que pasa a las 7:10 y de esa forma no tienes que hacer cola en el baño. Lo del periódico de tu abuelo no te lo puedes saltar pero aun así te quedan 20 minutos para distraerte en el camino sin ponerte a pensar en otra cosa.

Parecía bastante sencillo. La segunda semana de octubre sería la primera en la vida de Juan como persona puntual.

Lunes 9

La noche anterior cumplió sus buenos propósitos. Esa
mañana Juan saltó de la cama a las 6:30 en punto y
entonces empezó el problema.

No había agua, su papá tenía una reunión de trabajo y
se negaba a rasurarse con jugo de naranja. A Juan y a
Beto les tocó subir cubetas desde la planta baja y a su
papá averiguar por qué no funcionaba la bomba.

A Beto se le ocurrió que si llenaban cinco cubetas y
las metían en el elevador podrían hacer un solo viaje.
Para eso detuvieron el elevador como 15 minutos, se
oyeron gritos en todos los pisos, el suelo se empapó,
las cubetas llegaron a la mitad y nadie quedó contento.
Todos salieron de la casa con mal aliento y con los pelos
parados.

Juan caminó de prisa, sabiendo que otra vez llegaría
tarde, y con el dictamen de su papá rondándole la
cabeza: "La bomba no está descompuesta. Alguien o
algo rompió la cañería, está como si la hubieran
desprendido".

Entró al salón buscando con la mirada al maestro. No
estaba, había ido por gises a la dirección. Aprovechó
para decirle a sus compañeros:

–¡No me lo van a creer!, hoy cuando nos levantamos
no había agua. Mi papá no encuentra explicación, pero
yo creo que la clave está en el enorme ventilador de la

señora del once. Yo les he platicado de esa señora porque es la mejor amiga de mi abuelo desde que iban juntos a la escuela hace como mil años. A mi abuelo le encanta platicar con ella y se queda horas en su departamento, porque está tan alto que desde allí se pueden observar pájaros rarísimos, eso dice.

"Lo único que mi abuelo no soporta es que doña Luisa eche a andar su ventilador. Es enorme y lo tiene colgado en el centro de la sala. Sólo lo enciende en los días de mucho calor, como anoche.

"Cuando ese aparato empieza a funcionar, el ruido se oye hasta la planta baja, todo el edificio vibra, produce un ventarrón que hasta los árboles tiemblan y los pajaritos que observa mi abuelo salen volando y tardan un mes en volver. Todo el edificio parece un gran helicóptero y anoche, aunque ustedes no lo crean, intentó despegar..."

El maestro llegó al salón y, muy serio, sólo dijo:

–Juan, tú sabes que tienes un compromiso de llegar temprano, es un compromiso con todo el grupo, espero que lo pienses bien y hagas lo que tienes que hacer.

Martes 10
Juan salió temprano de su casa. Llegaría a tiempo por mucho que se distrajera. Estaba seguro. Pero, de pronto,

empezó a ver que los girasoles de La Casa Encantada, la que se ve desde la barda rota del primer callejón, lo seguían.

Era difícil explicarlo pero lo había visto con sus propios ojos. Empezó a moverse de atrás para delante y comprobó que los girasoles lo seguían. Se volvían a la derecha si Juan caminaba a la derecha y a la izquierda si iba hacia allá. Lo tuvo que hacer como veinte veces para estar completamente seguro y, claro, perdió un poco de tiempo.

De camino al colegio pensó tres cosas. Uno, que detrás de los girasoles había dos niños escondidos jugando a mover los tallos como si lo siguieran. Dos, que el espejo que se había puesto en la cachucha reflejaba el sol y hacía que los girasoles, confundidos, giraran hacia él y Tres, que otra vez iba a llegar tarde a la escuela.

Cuando llegó al salón había descartado la Uno porque le pareció una idea muy tonta y había olvidado la Tres. Así que les dijo a sus amigos:

–¡No me lo van a creer! –Y les contó la Dos.

Miércoles 11

Todo parecía ir muy bien, eran las 7:30 y Juan ya había bajado a recoger el periódico, pero no lo encontró. Tuvo que buscarlo más de quince minutos porque el abuelo se sentía muy nervioso e infeliz cuando no lo leía de cabo a

rabo, era un trabajo que le llevaba toda la mañana pero
le permitía desenmarañar el mundo.

Alguien había dejado tirado el periódico en el patio
trasero. Era raro porque el repartidor lo deja en la entrada
y don Herlindo, quien vive en el departamento uno, lo
pone en el buzón. Nadie podía entrar al edificio sin llaves
y Ninguno se atrevería a ensuciar el minúsculo jardín

donde están las dalias de la señora Flora, la planta del té para las reumas de doña Luisa, el abeto lleno de pájaros del abuelo y las yerbas de olor de la mamá de Juan. ¿Quiénes eran Alguien, Nadie y Ninguno? Juan no lo pudo averiguar, pero cuando estaba en el patio de atrás vio en la ventana del departamento cinco a la niña nueva.

No la conocía porque ella y su familia acababan de llegar al edificio. Sólo la había visto el día de la mudanza, pero sabía que tenía una bicicleta azul, un hermano grande que iba a la prepa, y hepatitis. Por eso no había salido a jugar.

Era un niña sin nombre, por lo menos para Juan, pero él pensaba que debía llamarse Estrella porque desde la ventana, en las noches, podía ver el techo de su recámara lleno de estrellitas fluorescentes que se encendían cuando apagaban la luz.

La niña nueva arrojaba pajaritos de papel y los veía planear lentamente hasta llegar al piso. Juan la vio reírse cuando él trataba de atrapar uno y también mientras corría tras las secciones del periódico del abuelo que volaban por el patio empujadas por el ventarrón de octubre.

Después de subir todo lo que pudo rescatar del periódico del abuelo, con un pajarito de papel en la mano, caminó los 420 pasos que le faltaban para la escuela. Llegó tarde, una vez más.

–¡No me lo van a creer!, pero la niña del cinco hace magia. Lo vi con mis propios ojos.

"Parecía que sólo estaba tirando pajaritos de papel, pero los pájaros volaban de verdad y, cuando iban llegando al suelo invitaban a las páginas del periódico de mi abuelo a elevarse. La página de deportes se convirtió en una inmensa águila y subió hasta la punta del abeto, que sólo se puede ver desde la ventana del departamento once."

Jueves 12

La noche anterior Juan tenía dos preocupaciones: llegar temprano a la escuela a la mañana siguiente y llevar completo el uniforme de deportes.

El maestro de deportes es muy bueno pero estrictísimo y tiene la manía de revisar minuciosamente a todos los jugadores para que lleguen al campo im-pe-ca-bles. (No le importa cómo terminen el juego.) Así que el miércoles en la noche, como siempre, Juan lavó sus tenis y los subió a secar en la azotea.

El jueves, muy temprano y en pijama, fue a recoger sus zapatos y ¡no podía creer lo que encontró! Los tenis estaban amarrados al tendedero con mil nudos pequeñitos y apretados.

Intentó desatarlos. Primero con prisa, después con una mezcla de prisa y paciencia que se usa en casos como éste. Nada funcionó.

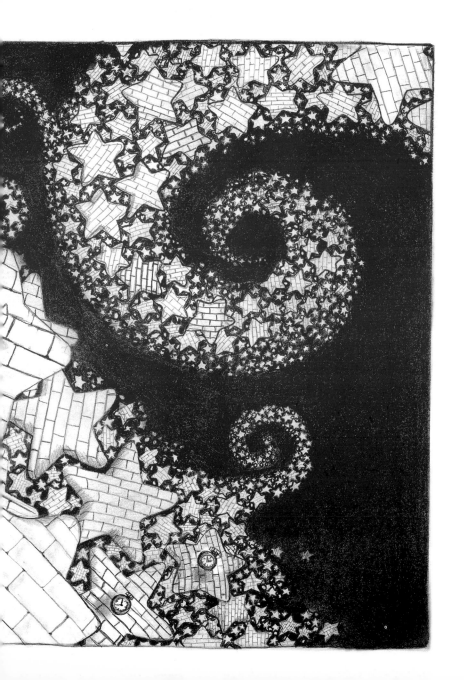

Tuvó que pedir ayuda al abuelo que subió refunfuñando. En primer lugar, porque no le gusta salir de la casa sin haber leído el periódico. En segundo, porque para llegar a la azotea tiene que pasar por el piso once, donde vive doña Luisa y en 60 años de ser amigos nunca han acostumbrado visitarse en pijama. En tercero, porque aunque es cierto que él sabe hacer el nudo de pescador, el pata de gato y el cola de puerco, nada le choca más que deshacerlos.

Sin embargo, hay tres cosas en la vida a las que no puede negarse... una de ellas es a ayudar a Juan. Examinó cuidadosamente los tenis y los nudos que los ataban al tendedero, sacó su navajita suiza y mientras cortaba las agujetas para desprender los tenis, le explicó que él sólo era experto en deshacer nudos complicados y bien hechos y ésos eran una cochinada.

A Juan le quedaban sólo cinco minutos para buscar unas agujetas, las que fueran –aun las de mariposas anaranjadas de Ximena–, vestirse, encontrar la mochila, darle las gracias al abuelo y explicarle que ahora sí se quedaría sin periódico hasta que se lo subiera don Herlindo, correr los 420 pasos de todos los días –mientras pensaba quién había querido secuestrar sus tenis y por qué– y llegar tarde a la escuela.

Su explicación comenzó así:

–¡No me lo van a creer!, pero estos cuates de la

escuela Héroes de la Conciliación no se miden. Con tal de ganar el partido son capaces de cualquier cosa...

En eso miró al maestro y enmudeció.

Viernes 13

Juan sabía que ese día era el definitivo así que la noche anterior andaba verdaderamente desesperado ordenando su ropa y la tarea, hasta le pidió a su mamá que adelantara el noticiero del día siguiente y se bañó antes de irse a la cama. Cuando su papá fue a apagar la luz, que Beto había dejado encendida, se acercó y le dijo:

—No te preocupes, mañana te llevo a la escuela en el coche.

Durmió en paz y se despertó en cuanto sonó el despertador nuevo. Nunca había estado listo tan temprano.

Cuando llegó a la planta baja del edificio le pareció muy raro encontrar allí al señor con cara de cajero de banco, a don Herlindo y a la señora Flora forcejeando, por turnos, con la cerradura de la puerta. Ninguna de las llaves abría. El papá de Juan sacó la suya y lo intentó, pero ni siquiera entraba. Luego llegó el hermano de la niña nueva, y tampoco pudo. Y allí se fueron juntando todos mientras el reloj de la pared avanzaba a paso lento pero seguro, hacia las ocho de la mañana.

• • •

Mientras tanto, en la escuela algo definitivo estaba sucediendo. El maestro, con la misma cara de siempre y las cejas y la corbata en su lugar, dijo:

–Juan ha llegado al límite de mi paciencia. A partir del lunes se integrará al grupo 5C; ha demostrado que no puede ser parte de un equipo puntual aunque reconozco que es un buen alumno en matemáticas, el único que sabe cuáles son los adverbios de modo y paró tres goles en el último partido de futbol. Pero ya rebasó todos los límites. ¡Hasta aquí podía llegar!

Nunca, en los cinco años que llevaban en la escuela, se oyó un silencio tan profundo en el salón. Hasta las moscas se quedaron paradas en el aire para no interrumpirlo.

Duró como 45 segundos, que en silencio transcurren lentísimos, hasta que Sofía se levantó lentamente y dijo:

–No es justo, no es su culpa. Fuimos nosotros –y explicó todo de un tirón–. Todo empezó el viernes, mientras Juan caminaba los 420 pasos que separan su casa de la escuela. Fue cuando usted dijo que nadie más podía llegar tarde a clases.

”Nos reunimos a la salida. Si Juan lograba llegar temprano no habría cuento y eso, todos estuvimos de acuerdo, no se vale. El día no tiene chiste si no empieza con un 'No me lo vas a creer', así que nos organizamos.

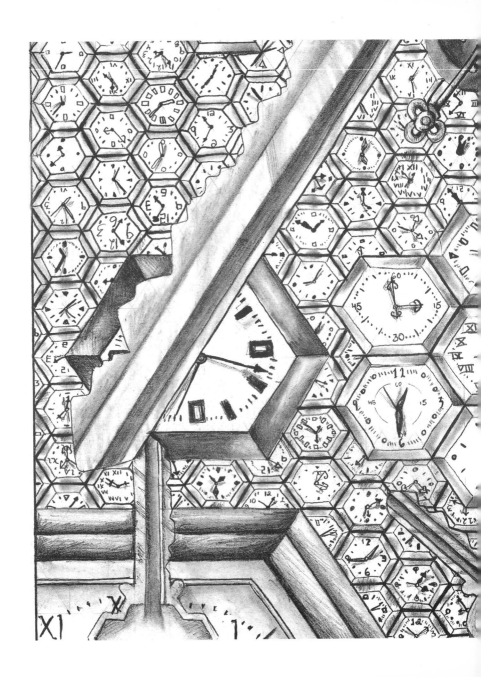

"A Polo, Raúl y Betty les tocó el primer día. En realidad sólo querían cerrar la llave de paso del agua pero se les pasó la mano y rompieron la tubería; el martes fueron Javier, Claudia y María los que le tomaron el pelo a Juan moviendo los girasoles; el miércoles Alfredo y yo tiramos los periódicos. La idea de amarrar los tenis fue de Pedro y Mateo, pero la única que sabe hacer nudos imposibles es Melissa. Lo de hoy fueron unos balines que pusieron Braulio y Jaime en la cerradura... También teníamos otros planes para la próxima semana..."

Los 22 habían participado, aunque algunos con mejores ideas que otros.

Lo que siguió fue el regaño más duro que habían oído, ni siquiera repartido entre 22 les alcanzaba para levantar la cabeza o echarse una risita nerviosa. La cara, las cejas y la corbata del maestro estaban irreconocibles.

Pero aun los regaños interminables terminan en algún momento y cuando la tormenta se fue calmando empezaron a platicar sobre cómo iban a reparar el daño. Cada uno y todos juntos tenían que poner su cara para ir a decirle a Juan y a todos sus vecinos lo que habían hecho. Enfilaron los 23, incluyendo al maestro, y esta vez no fueron 420 pasos, sino nueve mil seiscientos sesenta, según las cuentas de Marcela y Jonathan, los que caminaron todos juntos para llegar a la casa de Juan a hacer el ridículo más grande de la historia y rescatar a todos los que estaban sitiados en el edificio.

Después de que el cerrajero, que fueron a llamar de pasada, sacó los cinco balines, vino un aluvión de culpas y disculpas que algunos tomaron con sentido del humor y espíritu deportivo y otros no.

Para sorpresa de todos, el señor con cara de cajero de banco, sonrió como si fuera encantador de serpientes y se fue a trabajar; la señora Flora, que para nada tenía cara de bruja sólo dijo: "¡Ay, estos muchachitos!"; el hermano de la niña nueva dijo: "¡Ya ni la amuelan!", y don Herlindo se echó un largo discurso sobre el respeto y la responsabilidad que los 23, ni modo, tuvieron que escuchar hasta el final.

Juan se había quedado helado, o más bien como congelado, como cuando pones la video en pausa. Sólo lo notó su abuelo que le puso la mano en el hombro y dijo: "Todo pasa".

• • •

Caminaron de regreso a la escuela formados y en silencio como si un prefecto invisible hubiera dado la orden, en una larga fila, de dos en dos. Juan se quedó al final, pensaba en lo que había sucedido. Se sentía traicionado. "Cómo se habrán reído de mí", pensaba. "El edificio helicóptero, los periódicos que se convertían en pájaros, los girasoles mirones...." Todo le parecía tan tonto... Cuando dio el paso 224 escuchó:

—Yo también te debo una disculpa Juan —era la voz del maestro—. En realidad has demostrado que puedes ser puntual, porque si descontamos los 35 minutos que tus compañeros te hicieron perder cada día, has llegado a tiempo toda la semana.

Dieron dieciocho pasos más.

—Nos tenías atrapados a todos con tus cuentos, a mí también.

—Eran puras mentiras —murmuró avergonzado Juan, con una voz que ni él mismo reconocía.

—Eran cuentos —dijo el maestro—, y algunos muy buenos.

Juan levantó la vista. El maestro no tenía la cara de siempre, aunque las cejas y la corbata estaban en su lugar. Lo miró a los ojos y, por primera vez desde que empezó el año escolar, se encontró con él.

—Sólo tienes que aprender a empezar de otra manera, Juan. Qué tal si en vez de "No me lo van a creer", comienzas diciendo "Había una vez..." o "Érase que se era..." ◆

Este libro se terminó de imprimir y encuader-
nar en el mes de diciembre de 2004 en Im-
presora y Encuadernadora Progreso, S. A. de
C. V. (IEPSA), Calz. de San Lorenzo, 244; 09830
México, D. F. Se tiraron 2 000 ejemplares.

Olga y los traidores
de Geneviève Brisac
ilustraciones de Érika Martínez

Esa mañana, al llegar a clases, ¡sorpresa!: la maestra, la señora Málevitch, está ausente. En su lugar hay una maestra sustituta.

La señora Guante tiene la misma voz melosa del lobo que llama a la puerta de los tres cochinitos. Olga desconfía de ella, pero desconfía más cuando descubre que su salón está lleno de traidores.

Geneviève Brisac nació y vive en Francia. Ha sido maestra de lengua y literatura, directora de la Revue des Livres pour Enfants *y editora de libros para niños. En esta colección ha publicado* Olga.

para los que empiezan a leer

Primer maestre Mutt y el motín de la máquina de viento
de Vivian French
ilustraciones de Damián Ortega

La temible capitana Jennifer Aguamala Jones vuelve a las andadas en compañía de Alegre Roger, primer maestre Mutt, Perro de Mar Williams y su gallina Polly. En esta nueva aventura, su barco, el *Espectro Espeluznante*, se encuentra inmóvil, en medio del mar, por falta de viento hasta que a Mutt se le ocurre un invento genial que les permite llegar a una isla desierta en busca del tesoro. Pero la tripulación de piratas salvajes, mentirosos y tramposos, encabezados por Zorro, se amotinan, dispuestos a hacerles las cosas difíciles a la capitana y sus amigos. ¿Quién tendrá que caminar por la plancha esta vez?

Vivian French vive en Inglaterra y tiene cuatro hijas. Además de escribir para niños y jóvenes también ha incursionado en el teatro, como actriz y dramaturga. En esta colección ha publicado **La silla fantástica de Tili Maguili, Capitana Jennifer Aguamala Jones** y **Alegre Roger y el tesoro submarino.**

Las princesas también van a la escuela
de Susie Morgenstern
ilustraciones de Martha Avilés

La princesa Alystera vive en un castillo ruinoso y, la verdad, su vida no es muy divertida. Su padre, el rey, no hace más que gruñir y su madre se lamenta bajo un edredón. Ambos le repiten cien veces al día: "No olvides que eres una princesa". Pero un buen día la familia real debe mudarse a un moderno departamento, desde donde Alystera, maravillada, puede ver mil cosas. Pronto descubre algo misterioso: todos los días, los niños de la ciudad entran a una gran casa de cemento cercada por una reja. ¿Qué será ese extraño edificio?

Susie Morgenstern nació en Estados Unidos. Estudió en Alemania, Israel e Italia. Vive en Francia y se nacionalizó francesa. Es maestra de inglés, música profesional e ilustradora. Con sus hijas, Aliyah y Mayah, escribió un libro. Recibió el Gran Prix du Livre y el Premier Prix Mille Jeunes Lecteurs.